Mein liebster Geschichtenschatz
ab 4 Jahren

Mein liebster Geschichtenschatz

ab 4 Jahren

Inhalt

Übernachtungsparty

„So, und jetzt geht's ab ins Bett!", rief Sabine und wuschelte Leon durch seinen dunklen Haarschopf. Er und die anderen Kinder aus seiner Kindergartengruppe saßen gemütlich in der Kuschelecke des Kindergartens. Draußen war es schon ganz dunkel geworden. Denn heute würden alle im Kindergarten übernachten: Übernachtungsparty!

Bisher war es richtig lustig und schön gewesen: Zum Abendessen hatte es Pommes frites gegeben. Dann hatten die Kinder alle gespielt und zum Schluss gab es eine tolle Lesestunde.

Im Nebenzimmer waren ganz viele Matratzen aufgebaut und Leon kroch zu seinem kleinen Kuschelhasen in den Schlafsack. „Hallo Hase“, flüsterte er leise. Sein Hase sah ein bisschen traurig aus und ließ die Ohren hängen. Vielleicht vermisste er ja sein Zuhause? Leon nahm in fest in den Arm und streichelte den kleinen Hasenkopf. „Na, ihr beiden“, sagte Sabine. Sie kam vorbei, um allen Kindern gute Nacht

zu sagen. „Seid ihr müde? Oh! Leon, zeig mir doch mal deinen Hasen. Der sieht aber nett aus! Hallo, Hase, geht's dir gut?“, fragte sie den Hasen und streichelte ihm das Ohr. „Er hat ein wenig Angst“, sagte

Leon, „und würde eigentlich lieber zu Hause schlafen.“ – „Angsthase!“, rief Kevin, der neben Leon lag. Aber Sabine nahm den Hasen in den Arm und sagte: „Ich kannte mal einen kleinen Hasen, dem ging es genauso. Der wollte auch am liebsten wieder heim, weil er sich so einsam fühlte – ohne seine Mama. Aber weißt du, was er gemacht hat? Er hat sich ganz eng an sein Menschenkind gekuschelt. Das hat ihn ganz fest in den Arm genommen. Und dann war alles wieder gut. Der Hase hatte gar keine Angst mehr und hat ganz gut geschlafen. Und am nächsten Morgen ist er froh und munter aufgewacht. Sag mal, Leon, kannst du deinen Hasen nicht auch mal ganz fest in den Arm nehmen? Komm, leg dich doch mal hin, und ich gebe ihn dir.“ Leon nahm seinen Hasen zu sich in den Schlafsack und hielt ihn zärtlich fest. Er merkte, dass es seinem Hasen schon viel besser ging. Und so flüsterte er ihm ins Ohr: „Gute Nacht, kleiner Hase!“ Und bald darauf waren beide eingeschlafen.

Der Maiausflug

Der erste Mai war ein herrlicher Frühlingstag. Schon morgens schien die Sonne. Saskia konnte es kaum erwarten, bis es endlich losging. Um neun Uhr trafen sie und ihre Eltern am Maibaum die Familien von Mona und Luis. Das waren Saskias Freunde aus dem Kindergarten. Mit ihren Fahrrädern machten sie eine Radtour. Sie fuhren erst aus dem Dorf hinaus. Der Weg schlängelte sich durch Felder und Wiesen, die ganz gelb von blühendem Löwenzahn waren. Saskia kannte den Weg. Mit Luis fuhr sie ein Stück voraus. Sie zeigte ihm, wie schnell sie radeln konnte, und Luis kam kaum hinterher. Schließlich kamen sie an den Fluss und es ging weiter bis zu einem großen, schönen Spielplatz. Dort trafen die drei Familien noch andere Freunde. Denn an diesem herrlichen Tag waren alle unterwegs. Sie stellten die Fahrräder ab und die Kinder liefen in den Wald, um Holz zu suchen. Saskias Vater machte ein Feuer und schnitzte Grillstecken aus jungen Weiden. Die Mütter packten die mitgebrach-

ten Leckereien aus: Brote, Gurken, Tomaten, Möhren, Würstchen und natürlich Ketschup und Limonade! Saskia und ihre Freunde hatten vom Radfahren einen Bärenhunger bekommen. Endlich wurden die Würstchen am Feuer gegrillt. Später legten sich die Erwachsenen in den Schatten und dösten vor sich hin. Saskia spielte mit Mona, Luis und den anderen Kindern Fußball. Am Nachmittag radelten dann alle noch ein Stück am Fluss entlang und von der nächsten Brücke aus auf dem Fahrradweg zurück ins Dorf. Als sie nach Hause kamen, war es fast sechs Uhr abends. Saskias Beine taten weh und ihre Eltern jammerten über ihre wunden Hinterteile. Aber alle waren sich einig: Das war der schönste Maiausflug!

Hatschi!

Es war schon spät am Abend. Doch der kleine Kevin konnte nicht einschlafen. Plötzlich spürte er ein heftiges Kribbeln in der Nase. „Hatschi!“, nieste er und wieder und noch einmal: „Hatschi!“ Nun war das Kitzeln in der Nase weg. Kevin rieb sich die Augen und schaute verwundert, denn auf der Fensterbank saß ein kleiner Kerl. Er war ungefähr so groß wie sein Teddybär. Er trug eine blaue Zipfelmütze und ein langes blaues Hemd. Er baumelte mit seinen Beinen und grinste ihn frech an: „Du hast mich gerufen, weil du nicht schlafen kannst? Dagegen kann ich etwas tun. Ich bin nämlich der kleine Sandmann.“

Der Winzling hüpfte zu Kevin und gab ihm mit seinem kleinen Zeigefinger einen Stups auf die Nase. Schon spürte Kevin, wie seine Augenlider schwer wurden. Er gähnte herzhaft und der Sandmann wisperte ihm zu: „Schlaf gut. Wenn du mich wieder brauchst, niese dreimal kräftig hintereinander. Dann tippe ich dir auf die Nase und – schwuppdiwupp! – schon schläfst du ein.“

Der Sandmann hüpfte aus dem Fenster und Kevin schlief bereits wie ein Murmeltier.

ABC
GUTE NACHT GESCHICHTEN
MÄRCHEN
HÄNSEL U. GRETEL
ZWERGE
ALIBABA
GESPENSTER-GESCHICHTE

Das Fohlen

Heute darf Maximilian mit seinen Eltern zu Onkel Manfred und Tante Karin fahren. Die beiden leben auf einem Bauernhof. Da der Bauernhof ziemlich weit weg ist, sind die Besuche dort sehr selten.
Aber Maximilian kann sich noch sehr gut an die Fahrt im letzten Jahr erinnern. Damals war er erst drei gewesen und hatte auf einem braunen Pony reiten dürfen. Hoffentlich ist das Pony noch da, denkt er immer wieder.
Endlich kommt der Hof in Sicht. Als sie angekommen sind und aus dem Auto aussteigen, hört Maximilian schon die Schweine grunzen und die Hühner gackern. Aber weit und breit ist kein Mensch zu sehen. Sie klingeln an der Haustür, doch niemand macht ihnen auf. „Wo sind sie denn nur?“, wundert sich Maximilians Vater. „Ich habe doch angerufen und gesagt, dass wir kommen.“ Er sieht im Stall nach, doch auch dort ist außer den Tieren niemand. Sie warten eine Weile, bis schließlich Onkel Manfred mit seinem Traktor in den Hof fährt. „Hallo! Tut mir Leid, aber wir mussten dringend hinaus zur Pferdekoppel“, erklärt er. „Gerti hat nämlich heute ein Fohlen bekommen.“ – „Wer ist Gerti?“, fragt Maximilian. „Unsere neue Stute“, antwortet Onkel Manfred.

„Und was ist mit dem Pony?“ – „Das haben wir nicht mehr. Es ist leider im Frühjahr gestorben.“ Maximilian ist sehr traurig, als er das hört. Er hat sich doch so auf das Reiten gefreut. „Hast du Lust, das Fohlen zu sehen?“, fragt Onkel Manfred. „Ja, natürlich!“, ruft Maximilian. Vielleicht kann ich dann auf dem Fohlen reiten, denkt er. „Karin wird gleich hier sein. Ihr könnt ja schon ins Haus gehen und dort warten“, sagt der Onkel zu Maximilians Eltern und schließt ihnen die Haustür auf.

Dann hebt er seinen kleinen Neffen in das Führerhaus des Traktors und fährt los.

Maximilian ist noch nie Traktor gefahren. Er findet es ganz super, so hoch oben zu sitzen. Und der Traktor fährt auch ganz schön schnell. Unterwegs begegnet ihnen Tante Karin auf dem Fahrrad. Onkel Manfred hält kurz an und sagt ihr, dass der Besuch angekommen ist. Dann fahren sie weiter. Auf der Pferdekoppel steht ein kleiner Stall. Maximilian geht mit seinem Onkel hinein. Das große, gescheckte Pferd macht ihm zuerst etwas Angst. Es ist viel, viel größer als das Pony. Onkel Manfred greift in seine Hosentasche und holt ein Stückchen Zucker heraus. Er hält es Maximilian hin und sagt: „Gib es ihr. Einfach auf die Handfläche legen und hinhalten." Der kleine Maximilian zögert. Er traut sich nicht, diesem riesigen Pferdemaul so einfach die Hand hinzuhalten. Erst als er sieht, wie vorsichtig Gerti Onkel Manfred das Zuckerstück aus der Hand nimmt, wagt er es schließlich mit dem nächsten Stück, das der Onkel aus der Tasche zieht. Die Pferdezunge kitzelt seine Handfläche, aber sonst passiert überhaupt nichts. „Na, siehst du! Es geht doch!", meint der

Onkel. Plötzlich entdeckt Maximilian das Fohlen, das sich hinter ein paar Strohballen versteckt hatte. Es ist ebenso gescheckt wie seine Mutter und kommt auf wackeligen Beinen angestelzt. „Ist das niedlich!“, ruft Maximilian. „Und das Fohlen wurde heute erst geboren?“ – „Ja, heute morgen“, erklärt Onkel Manfred. „Kann man es schon reiten?“, will Maximilian wissen. Der Onkel lacht und sagt: „Nein, dazu ist es noch viel zu klein. Aber weißt du was? Wenn du uns mit deinen Eltern nächstes Jahr wieder besuchst, seid ihr beide größer – du und das Fohlen. Und dann kannst du ganz bestimmt mal auf ihm reiten!“

Blubb

Am Stadtweiher leben viele Pflanzen und Tiere. Unter Wasser wachsen Seerosen, am Ufer Schilf, Sumpfdotterblumen und Schwertlilien. Auf dem Weiher schwimmen Enten. Im Wasser leben dicke Karpfen und rote Goldfische. Und es gibt auch Frösche. Meist liegen sie faul im flachen Wasser am Rande des Weihers. Dann schauen nur ihre großen, dunklen Augen heraus. Hin und wieder schnappen sie eine Fliege. Einer dieser Frösche ist Blubb. Er wohnt schon zwei Jahre am Weiher und kennt fast alle Tiere, die hier leben. Und alle kennen Blubb. Blubb ist ein ganz besonderer Frosch. Er kann nämlich sagenhafte Kopfsprünge ins Wasser machen, wenn am Ufer irgendeine Gefahr droht. Bei den anderen Fröschen spritzt und platscht es gewaltig, wenn sie ins Wasser springen. Aber nicht bei Blubb. Er kann es viel, viel besser. Manchmal kommen Herr oder Frau Storch angeflogen und stolzieren auf der Suche nach Nahrung für ihre drei kleinen Störche am Ufer entlang. Störche fressen am liebsten Frösche. Doch Blubb ist immer auf der Hut. Sobald er einen Storch auch nur von weitem sieht, springt er mit einem Riesensatz in den Weiher. Es macht nur kurz „Blubb“, und schon ist er verschwunden.

Drachenfräulein Adelheid

Die kleine Prinzessin Wunderschön lebte im Schloss der hundert Türme. Ihr Vater war Boromir der vierte und König von Siebenland. Prinzessin Wunderschön hatte keine Geschwister. Sie musste immer alleine spielen und durfte das Schloss nicht verlassen, weil in den Wäldern ringsum allerlei finstere Gestalten hausten. Eines Tages wurde es ihr zu dumm. Als die Wachen einen Moment nicht aufpassten, huschte sie durch das Tor und rannte in den Wald. Zuerst hatte sie ein bisschen Angst. Aber da weit und breit kein Mensch zu sehen war, ging sie immer mutiger tief in den Wald hinein. Sie sah Einhörner, seltsame Höckertiere und viele andere Lebewesen, die sie nur aus Bilderbüchern kannte. Bald aber wusste Prinzessin Wunderschön nicht mehr, wo sie war. Alle Bäume sahen gleich aus.

König Boromir hatte inzwischen entdeckt, dass seine Tochter verschwunden war. Er ließ das ganze Schloss durchsuchen, aber ohne Erfolg. Schließlich rief er das Drachenfräulein Adelheid zu sich. „Du musst die Prinzessin finden!“, befahl er. Adelheid war das einzige Drachenfräulein in Siebenland. Der König hatte sie vor vielen Jahren im Kampf besiegt und mit auf das Schloss gebracht. Da Boromir sie gut behandelt

hatte, war sie schnell zahm geworden und tat niemandem etwas zuleide. Als Adelheid vom Verschwinden der Prinzessin hörte, erschrak sie. „Ich fliege gleich los! Und ich komme erst zurück, wenn ich die Prinzessin gefunden habe!“, versprach sie.
Rasch lief das Drachenfräulein hinaus und schwang sich flügelschlagend in die Luft. Wo mochte die kleine Prinzessin nur sein?
Drachenfräulein Adelheid flog erst über die grünen Wiesen und Felder – vielleicht spielte die Prinzessin hier mit ihren Freunden. Doch Adelheid sah nur eine Vogelscheuche, Hasen und Mäuse. Also flog sie an die Küste und schaute, ob die Prinzessin auf einem Fels sitz und angelte. Aber nur ein paar Möwen kreisten über dem Meer und schnappten nach Fischen. Sogar bis in die Berge flog das Drachenfräulein. Sie fragte die Ziegen nach der Prinzessin, aber keiner hatte sie dort gesehen.

Prinzessin Wunderschön saß niedergeschlagen auf einem Baumstumpf. Die Beine taten ihr weh und sie wünschte, sie wäre nicht davongelaufen. Wenn sie doch nur wieder im Schloss wäre! Plötzlich hörte sie, wie jemand ihren Namen rief. Die Stimme kam von oben aus der Luft und klang ziemlich krächzend. „Prinzessin Wunderschön! Wo bist du? Hörst du mich?“ Rasch lief die Prinzessin zu einer Lichtung und spähte nach oben. „Hier bin ich!“, schrie sie, so laut sie konnte. Dann entdeckte sie am Himmel etwas, was aussah wie ein riesiger grüner Vogel. Es kam schnell näher. Das war doch Adelheid, das Drachenfräulein! Die Prinzessin winkte aufgeregt mit beiden Armen, bis der Drache mit einem gewaltigen Plumps neben ihr landete. Adelheid hatte sie gefunden. „Steig auf meinen Rücken, Prinzessin Wunderschön! Der König macht sich bereits große Sorgen!“ Sie legte sich flach auf den Boden und die Prinzessin kletterte auf ihren Rücken. „Festhalten!“, rief Adelheid, und schon ging es los. Es war Nacht, als die beiden endlich das Schloss sahen. Das Drachenfräulein flatterte über die Mauern und landete mitten im großen Schlosshof. Dort erwartete König Boromir die beiden schon. Er hatte die Prinzessin eigentlich tüchtig ausschimpfen wollen, weil sie weggelaufen war. Aber nun war er so glücklich, dass er überhaupt nicht mehr daran dachte. Und am gleichen Abend bekam Adelheid zur Belohnung den Orden von Siebenland.

Schlaf ein

Der Mond sieht herein
Und blinzelt dir zu
Und flüstert: „Schlaf ein!
Ganz müde bist du!“
Der Tag ist zu Ende
Er will jetzt auch ruh’n
Und deine zwei Hände
Woll’n auch nichts mehr tun.

Die Augen sind schwer
Und schlafen fast ein.
Der Mund sagt nichts mehr,
Will ganz stille sein.
Schlaf ein, kleine Maus,
Und träum schön des Nachts
Nun ruh dich gut aus,
Bis du wieder erwachst.

Das kleine Ungeheuer

Das kleine Ungeheuer hatte Angst. Seine Hörner waren ganz rot vor Aufregung. Sein blauer Pelz strubbelte in alle Richtungen. Mit seinen großen, glühend gelben Augen sah es sich ängstlich um. Seine Ungeheuermama und sein Ungeheuerpapa waren schon ganz ungeduldig, weil es immer wieder aus seinem Zimmer kam und sich mit in ihr Bett legen wollte. „Du kannst schon alleine schlafen, Uli, du bist doch schon ein großes Ungetüm!“, grollte sein Papa. „Ich hab aber Angst“, sagte Uli, „unter meinem Bett sitzt ein Mensch!“

Kleine Ungeheuer haben nämlich Angst vor Menschen. Das hättest du nicht gedacht, oder? Aber es stimmt: Wenn du mal ein kleines Ungeheuer treffen solltest, dann denk daran und erschreck es nicht! Wenn sich in irgendeiner dunklen Ecke etwas bewegt, denken kleine Ungeheuer: „Hilfe, da ist ein Mensch!“ Kleine Ungeheuer glauben, dass Menschen gefährlich sind. Menschen sehen auch sehr unheimlich aus, finden kleine Ungeheuer: Sie haben gar kein Fell, sie sind auch nicht blau oder rot oder grün, sie haben keine Hörner und ihre Schnauze sieht ganz komisch aus! Nicht mal einen Schwanz hat so ein Mensch. Die Augen von Menschen sind besonders

Der Kleine Mensch
GRUSEL-MENSCHEN-GESCHICHTEN
MÄRCHEN

unheimlich, erzählen sich die kleinen Ungeheuer immer ... Sie mögen lieber rote oder gelbe Augen.

Und weil Uli eine solch ungeheure Angst vor Menschen hatte, stand seine Ungeheuermama auf, umarmte ihn mit ihrem großen, schuppigen, grünen Schwanz und gab ihm einen Kuss auf seine kleine blaue Schnauze. „Komm, mein Schatz“, sagte sie, „ich komm jetzt mit dir ins Schlafzimmer und sehe nach, ob da irgendwo ein Mensch ist. Und dann lasse ich die Tür einen Spalt auf. So fällt ein wenig Licht in dein Zimmer und du kannst uns hören.“

Wenn ihr also irgendwann glaubt, da wäre ein Ungeheuer in eurem Zimmer, dann sagt ganz laut:
„Keine Angst, Ungeheuer, ich bin ein lieber Mensch und tue dir nichts!“ Denn vielleicht hat sich ja der Uli zu euch verlaufen!

Die Nachtwanderung

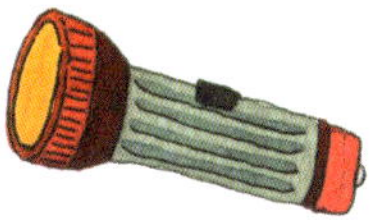

Draußen war es dunkel. Unser Hund Purzel lag in seinem Korb und schnarchte. Oma und ich saßen neben ihm und lasen ein Buch. Ich bin Lena. In diesem Jahr werde ich schon fünf Jahre alt! Mama sagte: „Wollt ihr müden Helden nicht langsam ins Bett gehen?“ – „Nöö, ich bin noch gar nicht müde“, nörgelte mein Bruder Bernd. „Ich möchte noch etwas machen!“ Papa nahm ihn auf den Arm und Bernd schmiegte sich ganz eng an ihn. „So“, sagte Papa, „was willst du denn noch machen?“ Er ging mit Bernd zum Fenster. „Die Nacht erforschen!“, flüsterte der, „rausgehen und nachsehen, was die Tiere jetzt machen. Und die Sterne anschauen!“ – „Hm“, meinte Papa, „dazu habe ich eigentlich auch noch Lust. Und du, Lena?“ Natürlich wollte ich mitkommen! „Ich komme auch mit!“, rief Mama aus der Küche. „Wartet, ich hole meine Taschenlampe! Aber Purzel lassen wir hier. Sonst stolpern wir noch im Dunkeln über ihn.“

Draußen war es stockdunkel. Zuerst konnten wir gar nichts sehen. Mama wollte ihre Taschenlampe nämlich nur an schwierigen Stellen anmachen. Aber nach und nach gewöhnten sich unsere Augen an die

Dunkelheit. Und bald konnten wir im Schein der Sterne und des Mondes doch ein wenig erkennen. Die Welt sieht im Dunkeln ganz anders aus. Alles ist so schwarz und man erkennt nur die Umrisse. Und ich finde, auch die Geräusche sind anders. Irgendwo huscht plötzlich etwas, es knistert, knackt ... Ich hielt Mamas Hand ganz fest. Und Bernd drückte sich an Papa. War das da drüben wirklich der große Holunderbusch, oder ... Hu, es sah aus wie ein Tier! Und jetzt bewegte es sich auch noch! Ein Tier mit Hörnern! „Papa!“, ich konnte nur flüstern, „sieh doch mal, da!“ Papa hatte mit Bernd nach den Sternen gesehen und nichts bemerkt. Jetzt guckte er in die Richtung, in die ich zeigte. Das unheimliche Tier war schon viel näher gekommen. Langsam bewegte es sich auf uns zu. „Was ist denn das?“, fragte Mama ganz erstaunt. „Knips doch mal die Taschenlampe an!“, sagte Papa. Ich klammerte mich ganz eng an Mama. Mama war mutig. Sie machte Licht – und vor uns stand Klara. Das ist die Kuh von Bauer Carstens. Seine schönste und beste Kuh! Ich bin sogar schon auf ihr geritten, die tut niemandem etwas. Papa lockte Klara wieder auf ihre Weide und machte das Tor hinter ihr zu. Der Weg nach Hause ging viel zu schnell, fand ich. Purzel kam uns aufgeregt entgegengerannt und sprang glücklich an uns hoch. Ich erzählte ihm von Klara und ich bin ganz sicher: Unser Hund Purzel hat uns ausgelacht.

Der Lieblingstraum

Die kleine Miriam ging gerne ins Bett. Dort lag ein großes Kopfkissen und darauf ihre Lieblingspuppe Franzi. Meist erzählte sie ihrer Puppe Franzi, was sie tagsüber alles gemacht hatte, und bald war sie eingeschlafen. Oft träumte Miriam von aufregenden Abenteuern. Ihr ganz besonderer Lieblingstraum war, dass sie fliegen konnte. Dazu brauchte sie nicht einmal Flügel. Sie stand einfach da, schlug mit ihren Armen auf und ab und stieg langsam hoch in die Luft. Es war ein herrliches Gefühl. Leise schwebte sie über Wälder, Täler und Seen. Wenn sie etwas genauer sehen wollte, schlug sie langsamer mit den Armen, und schon sank sie tiefer. Und wenn sie höher fliegen wollte, brauchte sie nur schneller zu schlagen. In einer Nacht flog sie durch ein Gebirge, in der nächsten an einem breiten Fluss entlang. Sie konnte es nicht bestimmen. Der Traum kam einfach. Seltsam war, dass dieser Traum vom Fliegen nur dann kam, wenn sie vor dem Einschlafen nicht daran dachte. Sobald sie sich den Flugtraum wünschte, klappte es ganz bestimmt nicht. Auch dann nicht, wenn sie so tat, als würde sie gar nicht an ihn denken. Aber jedes Mal, wenn Miriam ihn geträumt hatte, wachte sie am nächsten Morgen ganz besonders glücklich auf.

In der Hexenschule

In der Hexenschule schimpfte
Hexe Heidelbeer herum.
Schrie: „Nun seid doch nicht so dumm!“
Während sie die Nase rümpfte.

Wir brauen heut laut Stundenplan
Eine tolle Zaubersuppe.
Also los: Die ganze Gruppe,
Nehmt die Kessel und fangt an!

Ist die Stunde heut zu Ende,
Könnt die Suppe ihr probieren.
Sie verwandelt euch zu Tieren,
Macht zu Pfoten eure Hände!

Alle Hexen freuten sich,
Wollten gerne Tiere werden:
Träumten schon von Hirschen, Pferden,
Kater, Reh und Enterich.

„In die Zaubersuppe kommt hinein
Viel an zauberhaften Sachen:
Hühnerfedern, Mäuselachen
Und ein Ei von einem Schwein.

Alles rührt man lang und kräftig,
Würzt es mit dem Blut von Drachen,
Plattfischflossen – ziemlich flachen –
Fledermausohr macht es deftig.

Mit Kartoffelsaft und Zimt
Würzt man nun die Zauberbrühe.“
Heidelbeer ruft: „Jetzt noch rühren
Und die Zaubersuppe stimmt.“

Seht, die ganze Hexenschar,
Rührt wild in ihren Hexenkesseln.
„Zauber wollen wir entfesseln!
Einen Zauber, wunderbar!“

Dann verwandeln sich die Hexen,
Und schon hört man Wolfsgeheule,
Das „Uhu!“ der Rieseneule
Und das Zischeln großer Echsen.

Alle Hexenschüler flattern,
Rennen, springen, schwimmen, fliegen,
Nur der Fuchs bleibt ganz ruhig liegen,
Will ein Hühnerbein ergattern.

Und die Hexenlehrerin
Schreibt auf, was die Schüler machen.
Bald hört man sie lauthals lachen.
„Super, alle kriegen's hin!“

In der Hexenschule lobt
Hexe Heidelbeer die Hexen:
„Sehr gut alle, so, jetzt setzen.
Heut habt ihr genug getobt.“

Paulis Winterbett

Pauli, der kleine Igel, war erst vier Monate alt. Er wohnte in einem Schrebergarten unter einem Tannenbaum. Als die Tage kürzer wurden, beschloss er, sich einen Platz für seinen Winterschlaf zu suchen.
Er tippelte auf seinen kleinen Füßen in den nächsten Garten, dann in den übernächsten und immer weiter. Aber der kleine Pauli hatte immer noch keinen richtigen Platz gefunden. So kehrte er zurück zu seinem Tannenbaum.
Am nächsten Abend lief er in die andere Richtung. Er suchte und suchte die ganze Nacht über, fand aber auch dort nichts. Müde kam er morgens bei Sonnenaufgang nach Hause und legte sich schlafen.
Es war bitterkalt. Als Pauli abends vorsichtig unter seinem Baum nach draußen sah, entdeckte er, dass das Gras ganz weiß war. Brrrh – war das kalt an den Füßen, als er loslief! Jetzt wurde es wirklich allerhöchste Zeit.
Er durchquerte den Garten und schlüpfte unter dem Zaun hindurch auf den Gehsteig. Dort schaute er nach links, dann nach rechts, und als die Luft rein war, rannte er über die Straße. Pauli war noch nie alleine über die Straße gelaufen, weil seine Mutter ihren Igelkindern immer erzählt hatte, wie gefährlich das war.

Auf der anderen Straßenseite verschwand er schnell in einem großen Garten. Dort gefiel es ihm gleich viel besser als zu Hause! Das Gras war nicht gemäht, und auf den Gartenbeeten wucherte das Unkraut. Pauli entdeckte einen breiten Komposthaufen. Gleich daneben lag ein riesiger Berg aus abgeschnittenen Ästen, Zweigen und Blättern.
Langsam kroch er in den Berg hinein. Dort war es schön warm und fast ganz dunkel. Wenn das nicht der richtige Platz für seinen Winterschlaf war! Pauli schleppte reichlich Moos in den Berg hinein und machte es sich gemütlich. Hier würde er bleiben.

Als er Hunger bekam, tippelte er zum Komposthaufen und fand darin eine Unmenge Würmer. Das war seine Leibspeise. Und er fraß, bis er kaum noch laufen konnte. Mühsam schleppte er sich zurück in den warmen Berg aus Zweigen und legte sich hin, um ein wenig zu schlafen.

Als er wieder aufwachte, hörte er die Vögel singen. Draußen schien die Sonne und die Bäume und Sträucher zeigten schon die ersten Knospen. Der Winter war vorbei – und Pauli hatte ihn verschlafen!

Der Luftballon

Pünktlich um drei Uhr klingelte Oma an Lenas Haustür, um sie abzuholen. Die beiden wollten heute zusammen auf den Jahrmarkt gehen. Dafür hatte Lena extra ihr schönes neues Sommerkleid mit den roten Blumen darauf angezogen. Jetzt hüpfte sie fröhlich neben Oma auf dem Gehsteig umher und konnte es kaum erwarten, endlich zum Jahrmarkt zu kommen.

Es dauerte gar nicht lange und schon sah man viele Menschen, dazwischen ein Karussell und sogar ein Riesenrad. Hmm, und wie es duftete. Überall roch es nach gebrannten Mandeln, Kinder liefen mit Zuckerwatte durch die Menschenmenge. Hier und da sah man einen Stand mit Würstchen, Spielsachen und sogar einen Schießstand. Lena war ganz begeistert und wusste nicht, wo sie zuerst hinschauen sollte.

Doch am besten gefiel ihr der Luftballonverkäufer. Die tollsten Wesen hatte er an vielen Schnüren in der Hand. Es gab Elfen und Feen, Teddybären, Hasen, bunte Gesichter und Schmetterlinge, die alle in der warmen Sonne glitzerten. Besonders toll fand Lena einen blauen Geist, weil der so lustig das Gesicht verzogen hatte. Und sie bettelte ihre Oma so lange an, bis sie ihr den Luftballon kaufte. Fröhlich gingen die beiden weiter. Vorbei an einem Stand, an dem man Lose kaufen konnte, bis zur Schiffschaukel. Dort durfte Lena schaukeln. Ihren Luftballon gab sie jedoch nicht aus der Hand.
Auf dem Nachhauseweg kam plötzlich ein starker Wind auf. Lena hatte einen Moment nicht aufgepasst. Der Luftballon flog ihr aus der Hand. Glücklicherweise stand dort ein hoher Baum, in den der Luftballon hineinflog. Die Schnur verhedderte sich in den Ästen und Blättern. Der blaue Geist baumelte in einer Birke in der Nähe des Kindergartens. Lena war froh, dass sie ihren Luftballon nicht ganz verloren hatte. Am Tag darauf rannte sie, so schnell sie konnte, zu dem Baum, als sie auf dem Weg zum Kindergarten war. Und tatsächlich: Hoch oben zwischen den Blättern konnte sie ihren Geist sehen, der sie frech angrinste. Von nun ging sie noch viel lieber in den Kindergarten und blieb immer genau an der Birke stehen, um ihren Luftballon zu begrüßen und ihm einen schönen Tag zu wünschen.

Gute Besserung

Die kleine Lucy lag schon seit zwei Tagen mit Fieber und Halsweh im Bett. Natürlich konnte sie auch nicht in den Kindergarten gehen. In der letzten Nacht hatte es kräftig geschneit und draußen im Garten war alles weiß. Sie bekam zu Mittag ein bisschen heiße Suppe zu essen. Aber Lucy hatte überhaupt keinen Hunger. Außerdem tat das Schlucken so weh. Sie versuchte ein wenig zu schlafen, um schneller wieder gesund zu werden. Plötzlich klatschte etwas an ihr Fenster. Ein Schneeball! Lucy erschrak und setzte sich im Bett auf, damit sie hinaussehen konnte.
Was war denn das? Im Garten stand ein riesengroßer Schneemann mit Karottennase und Kochtopfhut. Und um ihn herum hüpften Anna und Peter, ihre Freunde aus dem Kindergarten. Sie winkten Lucy aufgeregt zu. Sie deuteten immer wieder auf den Schneemann, der ein großes Pappschild mit einer Aufschrift um den Hals trug. „Mami!“, rief Lucy. „Da ist Besuch!“
Ihre Mutter kam ins Zimmer und las ihr vor, was auf dem Schild stand: „Gute Besserung, liebe Lucy!“

GUTE
BESSERUNG

Ausgebüxt

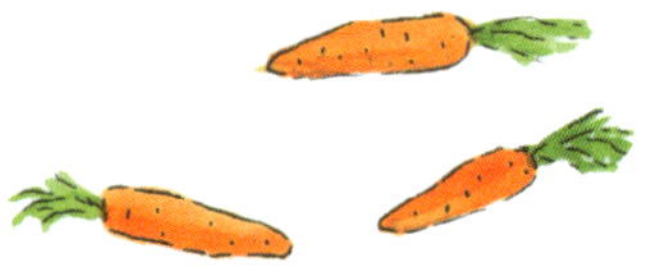

Jeden Nachmittag holte Florian seinen Goldhamster Hermann aus dem Käfig und ließ ihn ein wenig im Kinderzimmer herumlaufen.
Auch heute durfte Hermann heraus. Als Florian die Klappe an der Seite des Käfigs geöffnet hatte, sauste der Hamster blitzschnell hindurch. Dann blieb er sitzen und beobachtete Florian aus seinen dunkelbraunen Knopfaugen. Er putzte sich mit den Vorderpfoten das Gesicht und tippelte zu dem kleinen Jungen, der ihn vorsichtig nahm und auf seine Hand setzte. Doch das schien dem Hamster heute nicht zu gefallen. Hermann hüpfte aus der Hand und putzte sich weiter. Die beiden spielten Fangen, wobei der Hamster stets schneller war als Florian. Plötzlich stieß Florian mit dem Fuß versehentlich an die Stehlampe, die mit lautem Getöse umfiel. Das erschreckte den kleinen Hermann so sehr, dass er hinter Florians Kleiderschrank flüchtete und sich durch nichts wieder hervorlocken ließ. Florian rief nach seiner Mutter. Doch auch ihr gelang es nicht, den Goldhamster wieder einzufangen.
Als am Abend Florians Vater nach Hause kam, rückte er den Schrank weg. Aber Hermann war schneller und verkroch sich jetzt unter Florians Bett.

Das Dumme daran war, dass das Bett an einem anderen Schrank festgeschraubt war und sich nicht wegschieben ließ. „Dann müssen wir eben warten“, sagte Florians Vater. „Irgendwann wird Hermann schon wieder herauskommen.“ Florian wollte nicht so schnell aufgeben. Er holte eine frische Möhre. Er brach sie auseinander und legte die Stücke vor das Bett. Möhren waren Hermanns Lieblingsfutter. Aber auch das half nichts. Der Hamster blieb verschwunden. Schließlich musste Florian schlafen gehen. Er zog den Käfig ganz nah an sein Bett und legte alle Möhrenstückchen hinein. Als seine Mutter das Licht ausgemacht hatte, lauschte er angestrengt. Es war mucksmäuschenstill. Normalerweise wurde Hermann ja immer erst am Abend so richtig munter. Doch heute war nicht das kleinste Geräusch zu hören. Ob Hermann etwas passiert war? Irgendwann schlief Florian dann ein. Als er am anderen Morgen aufwachte, saß der Goldhamster vergnügt in seinem Käfig und knabberte an einem Möhrenstückchen herum. Ganz leise und vorsichtig schob Florian eine Hand unter der Bettdecke hervor. Ein rascher Griff – und die Käfigklappe war wieder zu. Hermann hatte seine Möhre und Florian hatte seinen Hamster wieder!

Die neue Schaukel

Am Ostersonntag wachte Selina erst auf, als ihr schon die warme Frühlingssonne ins Gesicht schien. Ihr Bett stand direkt am Fenster und der Rollladen war wie immer nicht ganz heruntergelassen. Sie hörte draußen auf der Terrasse komische Geräusche. Es klang wie Metall, das aneinander geschlagen wurde. Ihr nächster Gedanke war, dass ja heute an Ostern bestimmt viele Eier und auch Geschenke versteckt waren. Rasch stand sie auf und wollte hinaus. Doch ihre Kinderzimmertür war abgesperrt! Na so etwas! „Mami! Mami!“, rief sie laut. „Was ist denn?“, fragte ihre Mutter draußen vor der Tür. „Mach doch auf!“ Selina hörte, wie der Schlüssel herumgedreht wurde. Ihre Mutter öffnete die Tür.

„Warum hast du mich eingesperrt? Ich will doch sehen, ob der Osterhase schon da war“, sagte Selina vorwurfsvoll. „Dann schau einfach mal nach“, meinte ihre Mutter.

Rasch lief Selina in die Küche. Dort war der Frühstückstisch schon gedeckt und auf ihrem Teller lag ein bunt gefärbtes Osterei. Daneben lag ein kleiner Zettel. Darauf erkannte sie sofort das kleine Häuschen, das draußen im Garten stand. „Darf ich hinaus?“, fragte sie. Ihre Mutter nickte und Selina sauste in den Garten, so schnell sie konnte.

Draußen im Gartenhäuschen lag noch ein Zettel. Jemand hatte das Haus darauf gezeichnet, in dem Selina und ihre Eltern wohnten. Auf den ersten Blick erkannte sie die große Terrasse, den kleinen Froschteich und den alten Kirschbaum. Aber was war da an dem Baum? Da hing doch etwas dran. Es sah aus wie eine Schaukel! Selina lief zu dem alten Kirschbaum und konnte es im ersten Moment gar nicht glauben. Dort hing tatsächlich eine nagelneue Schaukel. Und rund herum im Gras und unter den Büschen waren Ostereier versteckt. Neben dem Kirschbaum stand ihr Vater und sagte: „Nun schau dir das einmal an! Das hat dir bestimmt der Osterhase gebracht!“ Selina setzte sich gleich auf die tolle Schaukel und ließ sich von ihrem Papa anschubsen. Ihre Beine huschten durch das hohe Gras und der Wind kitzelte in ihrem Gesicht. Das war ein Spaß!

Der Waldspaziergang

Hast du schon einmal einen Spaziergang im Wald gemacht? Da kann man ganz viel sehen, hören und riechen. Die Blätter rauschen ganz leise in den Bäumen. Der Wind bewegt sie hin und her. Auch die Äste bewegen sich im Wind. Du kannst Vögel zwitschern hören. Alle singen unterschiedliche Lieder. Und überall raschelt es: Kleine Tiere huschen vorbei. Sie sind ganz vorsichtig und verstecken sich, damit wir sie nicht sehen. Hast du schon einmal einen Baum angefasst? Seine Rinde ist rau und trocken. Und wenn du ganz dicht an ihn herangehst, dann siehst du manchmal sogar kleine Käfer. Die leben unter seiner Rinde und klettern den ganzen Tag auf ihm herum. Manchmal entdeckst du vielleicht eine kleine Raupe. Wenn du ihr deinen Finger hinhältst, kriecht sie dir vielleicht auch auf die Hand. Raupen sind sehr schön, wenn man sie sich genau ansieht: Sie sind grün oder braun, mit vielen bunten Tupfen. Manche haben ganz viele kleine Füße oder lustige Haare.
Also, wenn du das nächste Mal spazieren gehst, in den Wald oder in den Park, dann sieh dir doch einmal alles ganz genau und von nahem an. Aber jetzt schlaf lieber ein, damit du morgen ausgeschlafen genug bist, um eine Raupe zu entdecken!

Willis großer Tag

Heute ist Willis großer Tag! Die Rakete ist endlich fertig und Willi darf sie als erste Maus fliegen! Den ganzen Tag über haben Willis Vater und Professor Haferkorn, der berühmte Erfinder, noch an der Rakete gearbeitet. Immer wieder hat der Professor seine Berechnungen überprüft. Willis Vater hat geschraubt und gehämmert, bis das Blechgehäuse wirklich perfekt war. Es ist Abend geworden. Längst ist die Sonne hinter dem Wald verschwunden. Nun steht die Rakete im Mondschein auf der großen Waldwiese. Fast alle Tiere sind gekommen, um den großen Augenblick zu erleben. Der Fuchs, der Hase, das Eichhörnchen, sogar der Bär und auch die Eulenfamilie haben sich versammelt.

Willi, der junge Mäuserich, hat schon am Morgen seinen Koffer gepackt. Jetzt setzt er den Astronautenhelm auf und verabschiedet sich von seinem Vater und dem Professor. Nur Willis Mutter ist nicht dabei. Sie hat viel zu viel Angst um ihren Jungen. Sie möchte lieber zu Hause warten, bis der Start vorbei ist. Ein bisschen Angst hat Willi auch. Er ist froh, dass niemand sieht, wie er unter dem Helm schwitzt. Wird schon schief gehen, denkt er und geht in die Rakete hinein. Sein Vater klopft ihm auf die Schulter und

macht die Tür von außen zu. Dann stellen sich Willis Vater und der Professor neben die beiden Antriebsraketen und zünden gleichzeitig die Zündschnüre an.

Es knallt gewaltig, als die kleinen Raketen explodieren. Aber die große Rakete macht nur einen kleinen Satz in die Luft. Sie fällt gleich wieder herunter und kippt dabei zur Seite. Als sich der Rauch der beiden Explosionen verzogen hat, öffnet Willis Vater die Tür. Willi klettert heraus und nimmt den Helm ab. Er ist ganz bleich im Gesicht. „Irgendwie muss ich mich verrechnet haben", meint Professor Haferkorn. „Ja, das glaube ich auch", sagt Willi. „Ich werde jedenfalls nicht mehr in dieses Ding steigen!" Willi hat sich seinen großen Tag wirklich anders vorgestellt und ist ein wenig enttäuscht. Doch als er dann zu Hause bei seiner Mutter ist, freut er sich, dass die Rakete nicht geflogen ist. Wer weiß, wo sie gelandet wäre!

Mümmel schafft das

Alle Osterhasen lachten! Mümmel wäre am liebsten ins nächste Erdloch gehoppelt, so sehr schämte er sich. „Seht euch den an!“, grölten die anderen Osterhasen. „Der schafft es nie: Lauter schwarze Ostereier! Jedes Jahr dasselbe.“ Sie fielen fast um vor Lachen. Alle zeigten auf Mümmel.
Von überall kamen die Osterhasen angehoppelt. In jedem Korb und in jedem Nest lagen lauter wunderschöne, bunte Ostereier: Nur in Mümmels Korb waren alle Eier pechschwarz oder dreckig braun. Mümmel fühlte, wie ihm die Tränen herunterliefen. Immer ich!, dachte er ganz traurig. Denn jedes Jahr passierte dasselbe: Mümmel malte, wie alle Hasen, seine Eier an. Er malte und malte, nahm alle bunten Farben: Rot, Blau, Gelb, Braun, Grün, Lila, Rosa. Er fing mit einer Farbe an. Dann malte er darüber die nächste Farbe und wieder die nächste und wieder die nächste. Mümmel malte und malte. Aber am Ende waren seine Eier immer schwarz. Alle anderen Hasen lachten ihn aus: „Seht euch den an: Wer will schon schwarze Eier zu Ostern?“

Mümmel war traurig. Er hatte kein einziges buntes Ei! Was sollte er nur machen? Mümmel schniefte und schluchzte leise vor sich hin. Plötzlich sprang er erschrocken hoch. Fast hätte er ein großes weißes Huhn umgerannt, das jetzt erschrocken gackerte. „Was ist denn mir dir los, kleiner Hase?", fragte das Huhn. Mümmel setzte sich hin und sagte traurig: „Alle lachen mich aus, weil meine Eier immer nur schwarz werden!" Da fragte das Huhn: „Warum machst du sie nicht einfach bunt?" – „Weil ich nicht weiß wie – und die anderen sagen es mir nicht!", sagte Mümmel ganz verzweifelt. Das Huhn gackerte: „Das ist gar nicht schwer! Wir Hühner legen die Eier. Wir wissen alles über sie! Komm mit!" Mümmel hoppelte hinter dem Huhn her. Ob die Henne ihm wirklich helfen konnte? „Ich heiße Mümmel, wie heißt du denn?", fragte er das Huhn. „Ich bin die Henne Herta", bekam er zur Antwort. Im Hühnerstall saßen ganz viele Hühner auf Nestern oder spazierten hin und her und pickten Körner und Würmer. „Hallo Mädels!", rief Herta, „hier ist ein kleiner Hase, der Eier bunt bemalen möchte. Da können wir ihm doch helfen, oder?" – „Gahgagack", machte es überall, „klar helfen wir ihm!" Ein kleines schwarzes Huhn kam angerannt und gackerte aufgeregt: „Komm mit, Hase, ich zeige dir, wie man Eier gelb färbt!" Herta drückte dem Hasen einen großen Korb mit weißen Eiern in die Pfoten. Sie gingen auf eine

Wiese mit Butterblumen und das kleine schwarze Huhn sagte: „Sieh dich ganz genau um: Was siehst du?“ Mümmel sah sich um. Überall leuchteten die schönen gelben Butterblumen und der Löwenzahn streckte seine gelben Köpfe in die Luft. „So“, sagte das Huhn, „jetzt holst du deinen Malkasten hervor und malst die Eier so, wie die Blumen auf der Wiese aussehen!“ Und Mümmel holte Pinsel und Farben heraus und malte ganz viele Eier leuchtend gelb an. Ganz nach seiner Gewohnheit wollte er dann anfangen, das erste gelbe Ei wieder mit einer weiteren Farbe zu übermalen. Aber da rief das Huhn: „Nein, immer nur die Farbe, die du siehst!“, und tippelte weiter. Mümmel blieb nichts anderes übrig, als hinterherzuhoppeln. Und als sie einige Zeit gegangen waren, standen sie mitten in einem großen Feld mit blauen Kornblumen und Veilchen. Das war eine

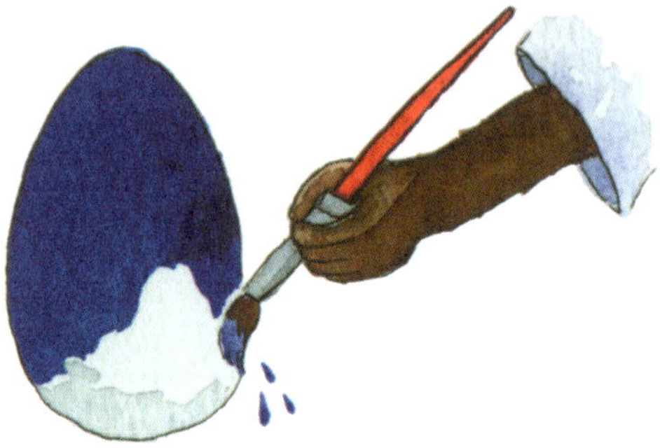

Pracht! Blau, so weit das Auge reichte! Wieder forderte das Huhn den kleinen Hasen auf zu malen, was er sah. Und wieder malte Mümmel weiße Eier in den schönsten und leuchtensten Blautönen an.

Als er wieder beginnen wollte, die blauen Eier rot zu übermalen, rief das Huhn: „Nein, nein, nur, was du siehst!“, und tippelte weiter. So blieben sie an vielen Wiesen und Feldern stehen und Mümmel malte: An einer grünen Wiese malte er grasgrüne Eier, an einem Feld mit roten Tulpen feuerrote, bei den blühenden Apfelbäumen malte er Eier in Rosa und Weiß. Und plötzlich hatte Mümmel Lust, noch mehr zu malen, was er sah. Auf ein Ei malte er ein Bild von dem kleinen schwarzen Huhn, auf ein anderes malte er eine Osterglocke, auf ein drittes lauter Blüten und auf das nächste die Sonne und Wolken. Immer weiter malte Mümmel, bis alle seine Eier bunt waren. Die hättet ihr mal sehen sollen: Mümmel hatte die schönsten Ostereier gemalt. Und als er mit dem Korb zurück auf die Wiese kam, da staunten alle anderen Osterhasen. Und keiner lachte ihn mehr aus! Im Gegenteil: Der oberste Osterhase nahm die Eier, auf die Mümmel Bilder, Blumen und Landschaften gemalt hatte, ganz vorsichtig in die Pfoten und sagte: „Mümmel, du hast die allerschönsten Ostereier gemalt, die ich je gesehen habe!“ Und alle Hasen klatschten Beifall, sodass Mümmel vor Stolz ganz rot wurde.

Tja, so hat Mümmel das Malen gelernt. Jetzt ab ins Bett und träum schön von Mümmel und seinen kunterbunten Ostereiern.

Im Schwimmbad

Nach einem heftigen Gewitter in der Nacht schien morgens wieder die Sonne von einem wolkenlosen Himmel. Es würde bestimmt genauso heiß werden wie in den letzten Tagen.
„Gehen wir heute ins Schwimmbad?“, fragte Alex seine Mutter gleich beim Frühstück. „Ja, aber erst am Nachmittag“, sagte sie. Der Vormittag wollte überhaupt nicht vergehen. Alex saß in seinem Zimmer und ihm war furchtbar langweilig. Dann war es endlich so weit. Nach dem Mittagessen packte die Mutter die große Tasche mit den Badesachen und sie fuhren mit dem Auto zum Schwimmbad.
Natürlich war es dort sehr voll. Bei der Hitze gingen alle, die Zeit hatten, ins Bad. Nur mit Mühe fanden die beiden einen schattigen Platz auf der großen Liegewiese. Alex half, die Decke auszubreiten, und blies dann seine Schwimmflügel auf. Das konnte er mit seinen viereinhalb Jahren schon ganz alleine. Er streifte die Schwimmflügel über die Arme und rannte gleich zum Kinderbecken. Seine Mutter wollte zuerst ein wenig schwimmen und versprach, danach zum Kinderbecken zu kommen und ihm zuzusehen. Mit einem Satz sprang Alex in das Becken. Ein paar Kinder aus seiner Nachbarschaft waren auch da und sie

spielten zusammen Fangen und Wasserball. „Kannst du auch tauchen?“, fragte Sina. Sie war sechs Jahre alt und kam bald in die Schule. „Klar!“, rief Alex und hielt den Kopf unter Wasser. Als er wieder hochkam, lachte ihn Sina aus. „Haha! Das ist doch kein Tauchen! Schau mal zu!“ Sina verschwand unter Wasser und kam erst einige Meter weiter wieder hoch. „Du musst unter Wasser schwimmen“, erklärte sie. Alex versuchte es, aber seine Schwimmflügel zogen ihn immer wieder nach oben. Als er sah, wie Sina lachte, hätte er am liebsten geheult.

„Du musst die Schwimmflügel ausziehen“, sagte Sina. „Sonst geht es nicht.“ – „Aber das darf ich nicht. Das hat mir meine Mama verboten.“ – „Quatsch“, meinte Sina. „Was soll denn schon passieren? Du kannst hier doch stehen und ich bin ja auch noch da.“ Ganz wohl war Alex nicht, als er die Schwimmflügel abstreifte und an den Beckenrand legte. Er holte tief Luft, tauchte unter und machte die gleichen Schwimmbewegungen, die er sonst mit den Schwimm-

flügeln auch machte. Und es klappte tatsächlich! Da er die Augen unter Wasser offen ließ, sah er, wo Sina stand, und tauchte direkt vor ihr auf. Sie strahlte ihn an und klatschte mit den Händen. „Bravo! Jetzt kannst du es ja!“ Er tauchte gleich noch einmal und kam sogar ein Stückchen weiter.
„Alex! Alex!“ Diese Stimme gehörte seiner Mutter. Alex drehte sich um. Jetzt würde sie ihn bestimmt ausschimpfen. „Du kannst ja schwimmen!“, rief sie. „Ich habe genau gesehen, wie du getaucht bist. Wenn du dabei einfach den Kopf über Wasser lässt, dann schwimmst du!“ Jetzt war Alex nicht mehr zu halten. Er probierte es sofort aus – und konnte tatsächlich schwimmen! Er wollte überhaupt nicht mehr raus aus dem Wasser.

Geburtstagsüberraschung

Heute war Lisas großer Tag. Sie hatte Geburtstag und wurde schon fünf Jahre alt. Bereits morgens beim Frühstück bekam sie die ersten Geschenke. Eine neue Puppe von ihrem großen Bruder Marc und ein wunderhübsches Kleid von ihren Eltern.

Als sie in den Kindergarten kam, bewunderten alle anderen Kinder ihr neues Kleid. Die Kindergärtnerin fragte: „Wie alt bis du denn jetzt?“ Lisa hob die rechte Hand und zeigte ihr vier Finger und den Daumen. „Fünf Jahre!“, antwortete sie.
In der Frühstückspause gab es dann einen leckeren

Kuchen, den ihre Mama für alle Kinder gebacken hatte. Lisa bekam das größte Stück. Mmmh, war das köstlich! Aber sie passte gut auf, damit sie ihr schönes Kleid nicht bekleckerte.
Am Nachmittag kamen dann ihre drei besten Freundinnen zu ihr nach Hause. Das waren Maria, Jennifer und Sabrina. Sie brachten alle Geschenke mit. Die Mädchen spielten mit Lisas Puppen und der Nachmittag verging wie im Flug. Plötzlich klingelte es an der Wohnungstür. War das etwa schon Jennifers Mutter? Lisa rannte zur Tür und machte auf. Was war denn das? Vor der Tür saß ein kleiner brauner Hund! Lisa brachte vor Überraschung keinen Ton heraus, als der Hund an ihr vorbei in die Wohnung lief. „Halt! Halt!“, rief sie schließlich. „Hallo, Lisa! Herzlichen Glückwunsch zum Geburtstag!“, sagte da eine Stimme hinter ihr. Sie drehte sich um und sah ihre Tante Gerti draußen stehen. „Na, gefällt dir dein Geschenk?“ Lisa verstand nicht, was sie meinte. „Na, der Hund! Er gehört dir“, sagte die Tante. Lisa fiel ihrer Tante um den Hals und rannte jublend ins Wohnzimmer. Dort saß der kleine braune Hund und ließ sich von Jennifer streicheln. So eine tolle Überraschung! Lisa setzte sich auf den Fußboden und streckte dem Hund die Hände entgegen. Wie das kitzelte, als er sie mit seiner rosa Zunge ableckte! Das war Lisas allerschönstes Geburtstagsgeschenk. Und diesen Tag wird sie sicher nie vergessen.

Wenn es regnet

Wenn es regnet in der Stadt,
Dann sagt fast jedermann:
„Schlechtes Wetter! Ich bleib drinnen,
Wenn ich eben kann!“

Aber unsere kleine Suse solltet ihr mal sehn:
Wenn es regnet, will sie raus in den Regen gehn.
Wenn es regnet in der Stadt, zieht sie die Stiefel an,
Holt den Mantel raus, wenn sie ihn finden kann,
Nimmt den Schirm und rennt froh hinaus,
Springt in jede Pfütze und will nicht mehr nach Haus.

Wenn es regnet in der Stadt, hält Suse es kaum aus,
Baut sich ein Papierboot, setzt es in die Pfütze raus.
Sie stellt sich vor, sie wäre Kapitän auf See
Und singt ein Seemannslied: „Wir fahrn zum Meer, ho-he!“

Abends kommt die Suse nass und müde heim.
Mama setzt sie in die Wanne
Und hüllt sie dann schön ein
In das weiche Badetuch und gibt ihr einen Kuss.
Sie sagt: „Mein Susekind, nun schlaf,
Für heut ist erst mal Schluss!“

Die Kastanienallee

„Papi, ich habe einen!“, rief der kleine Joachim. Vor ihm auf dem Waldboden stand ein großer, brauner Pilz. Sein Vater kam herbei und betrachtete den Pilz genauer. „Das ist leider schon wieder ein giftiger“, meinte er. Der Korb, in dem die beiden eigentlich Pilze sammeln wollten, war immer noch leer.
Dabei stapften sie schon seit über einer Stunde durch den Wald. Als Papa sah, wie enttäuscht Joachim war, sagte er: „Ich glaube, wir gehen zurück zum Auto. Heute finden wir wohl nichts mehr.“
Auf der Heimfahrt bog er plötzlich in einen Feldweg ein und fuhr bis zu einer Gruppe großer Kastanienbäume. „Was machen wir hier?“, fragte Joachim verwundert. „Das wirst du gleich sehen“, antwortete sein Vater. Sie stiegen aus und gingen mit dem Korb zu den riesigen Bäumen.
Rasch hatte der Vater einen dicken Holzprügel gefunden und schleuderte ihn hoch in eine Baumkrone. Ein Volltreffer! Mindestens fünfzig Kastanien prasselten auf den Boden. Joachim brauchte sie nur aufzusammeln. Dann rannte er wieder zu seinem Vater, der den Stock nochmals hochwarf. Schon nach zwanzig Minuten war der Pilzkorb bis zum Rand mit wunderschönen Kastanien gefüllt. Die letzten schob Jo-

achim noch in seine Hosentaschen. „So, jetzt haben wir statt der Pilze wenigstens einen Korb voll Kastanien“, meinte der Vater, als sie zurück zum Auto gingen.

Zu Hause holte er Zahnstocher aus der Schublade und zeigte Joachim, wie man aus Kastanien alle möglichen Figuren basteln konnte. Sie steckten die Kastanien und Zahnstocher zusammen. Heraus kamen Kamele, Schafe, ein Förster und sogar ein Igel. Bald stand eine ganze Gruppe von kleinen Kastanienmännchen und Kastanientieren auf dem Tisch. Und als Joachim im Bett lag, träumte er die ganze Nacht von seinen Kastanienfiguren.

Das neue Fahrrad

Lukas hatte schlecht geschlafen. Er war viel zu aufgeregt gewesen, weil er sich so auf seinen Geburtstag gefreut hatte. Heute wurde er fünf Jahre alt. Als die Mutter in sein Zimmer kam, um ihn zu wecken, war er längst wach. Er lief ins Badezimmer, wusch sich schnell das Gesicht und zog sich an. In der Küche saßen seine Eltern schon am gedeckten Frühstückstisch. „Herzlichen Glückwunsch zum Geburtstag!“, riefen beide fast gleichzeitig.
Lukas entdeckte sofort das Geschenkpäckchen, das auf seinem Teller lag. „Darf ich es gleich auspacken?“, fragte er. „Ja, natürlich“, meinte sein Vater. Lukas wickelte das Geschenk aus und hielt eine Pappschachtel in der Hand. Neugierig nahm er den Deckel ab und fand in der Schachtel ein rotes T-Shirt, eine rote Radlerhose und rote Handschuhe mit abgeschnittenen Fingerspitzen. Das waren ja echte Radlerhandschuhe! „Toll!“, rief er. „Das ist ja wirklich super! Jetzt können wir richtige Radtouren machen!“ Doch dann fiel ihm sein altes, rostiges Kinderfahrrad mit den wackligen Stützrädern ein. Auf diesem Klappergestell brauchte er keine Radlerhandschuhe. Niedergeschlagen legte er seine Geschenke wieder in die Schachtel zurück und setzte sich an den

Tisch. „Du freust dich aber nicht besonders", meinte sein Vater. „Doch, schon", sagte Lukas. „Aber eigentlich hatte ich mir ja ein neues Fahrrad gewünscht. Ein richtiges Mountainbike." – „Jetzt frühstücke erst einmal. Der Tag hat ja gerade erst angefangen", sagte seine Mutter.

Nach dem Frühstück brachte sie Lukas in den Kindergarten und am Nachmittag kamen alle seine Freundinnen und Freunde, um seinen Geburtstag zu feiern. Sie tobten im Garten herum und aßen Kuchen und Eis. Lukas hatte die Geschenke seiner Eltern inzwischen ganz vergessen.
Plötzlich hörte er eine Fahrradhupe draußen auf dem Gehsteig. Es hupte fünfmal. Dann war Ruhe. „Wer ist das?", fragte eines der anderen Kinder, die fast alle in

der Nachbarschaft wohnten. „Weiß ich nicht. Diese Hupe habe ich noch nie gehört“, sagte Lukas.

Neugierig lief er mit seinen Freunden zum Gartentor und ging hinaus auf den Gehsteig. Dort stand einsam und verlassen ein funkelnagelneues, feuerrotes Fahrrad. Es hatte breite Reifen, eine Gangschaltung und eine große, silberne Gummihupe. Lukas drückte den Gummiball zusammen. Ein lautes Hupen ertönte. Aber wer hatte da vorhin gehupt? Und wer ließ ein nagelneues Fahrrad einfach auf dem Gehsteig stehen? Etwas ratlos wollte Lukas gerade zurückgehen, als plötzlich sein Vater aus dem Garten kam. „Nochmals herzlichen Glückwunsch und alles Gute zum Geburtstag! Na, wie gefällt dir nun dein Geschenk?“ Lukas brachte zunächst keinen Ton heraus. Er war völlig überrascht. Sein Geschenk? Er drehte den Kopf, schaute das Fahrrad an und dann wieder seinen Vater. „Soll das heißen, das ist meins?“, fragte er schließlich. Sein Vater nickte und lachte. Dann sagte er: „Wir konnten das Rad heute Morgen ja nicht auf den Frühstückstisch stellen, oder? Das ist ja viel zu groß!“ Als Lukas sich das vorstellte, musste er auch lachen. Und dann rannte er wie der Blitz ins Haus, um seine neuen Radlersachen und die Handschuhe anzuziehen.

5

Eingeschneit

Der Winter nahm dieses Jahr überhaupt kein Ende mehr. Der Schnee fiel fast unaufhörlich vom Himmel. Jeden Tag und jede Nacht.
Das kleine Häuschen am Waldrand, in dem Clara mit ihren Eltern wohnte, war eingeschneit. Clara konnte nicht einmal mehr in den Kindergarten gehen, denn auch die schmale Straße zum Haus war unter dem Schnee verschwunden.
So saß sie am Fenster ihres Zimmers und wartete, bis es aufhörte zu schneien. Dann zog sie sich an und ging mit dem Schlitten hinaus. Doch das Schlittenfahren wurde bald langweilig. Clara stapfte in den Wald hinein, obwohl sie das eigentlich nicht durfte. Aber sie hatte keine Angst. Wer sollte sich bei dem vielen Schnee schon im Wald verstecken?
Im Wald war es vollkommen still. Auch die Tiere hatten sich anscheinend an ein warmes Plätzchen zurückgezogen. Plötzlich stieß Clara mit dem Fuß an etwas Weiches im Schnee.
Was war das? Der Schnee wurde lebendig. Allmählich erkannte sie einen Igel, der sich langsam aus der Schneedecke befreite. Ein Igel? Der musste doch jetzt Winterschlaf halten! Clara wusste das. Ihre Mutter hatte es ihr erzählt, als im Herbst ein Igel durch den

Garten gelaufen war. Der Igel war nicht besonders groß und von seiner schwarzen Nase tropfte Wasser. Dann musste er niesen. Clara erschrak zuerst ein bisschen, als sie das komische Geräusch hörte. War der Igel etwa erkältet? Kein Wunder bei dem Wetter! Sie überlegte, was sie tun sollte. Schließlich hatte sie eine Idee und rannte schnell zurück zum Haus, um etwas Stroh zu holen.

Der Igel saß immer noch da, als sie zurückkam. Rasch breitete Clara das Stroh auf dem Schlitten aus und hob den Igel vorsichtig hoch. Sie setzte ihn behutsam in das Stroh. Als er gut zugedeckt war, zog sie den Schlitten aus dem Wald. Dabei schaute sie immer wieder nach dem Igel und bemerkte gar nicht, wie die anderen Tiere im Wald sie beobachteten. Füchse, Hasen, Eichhörnchen und sogar Mäuse reckten ihre Hälse. Sie wollten sehen, was da mit dem Igel passierte. Wohlbehalten erreichten Clara und der kleine Igel schließlich das Haus. Claras Mutter zeigte sich gleich sehr besorgt um den stacheligen Gesellen und machte ihm im Keller ein weiches, warmes Lager aus Stroh zurecht.

Und als Clara abends im Bett lag, freute sie sich schon auf den nächsten Tag. Und auf das Wiedersehen mit ihrem Igel.

Die Kinderzimmerpiraten

Heute ist ein ganz besonders langweiliger Tag. Draußen regnet es. Leonie ist froh, als am Nachmittag ihre Freundin Nadine zum Spielen kommt. Die beiden Mädchen sitzen in Leonies Zimmer und überlegen, was sie machen sollen.

Plötzlich stürmt Leonies Bruder Kai herein. Kai ist sieben Jahre alt und geht schon zur Schule. „Seht mal, was ich gefunden habe!“, ruft er und schwingt einen langen Gummisäbel. Er zieht eine Augenklappe aus der Tasche und bindet sie sich um. „Ich bin Johnny, der einäugige Pirat!“ Die beiden Mädchen lachen. „Wo hast du den denn her?“, fragt Leonie. „Oben auf dem Dachboden gefunden. In dem alten Schrank. Dort sind die ganzen Fasnachtskostüme drin. Und die Sommersachen“, erklärt Kai. Er nimmt die beiden Mädchen mit nach oben. Kurz darauf kommen sie schwer bepackt zurück.

Leonie hat ein Prinzessinnenkleid mitgebracht. Nadine hat eine Taucherbrille, Flossen und ein buntes Kopftuch. In Leonies Zimmer sitzen ihre zwei kleineren Geschwister auf dem Bett. „Wir wollen auch mitspielen", sagt die dreijährige Anna. Und Timo, der ganz Kleine, nuckelt fröhlich an seinem Schnuller. „Ich bin die Piratenbraut", erklärt Nadine. „Und du bist die Prinzessin, die ich geraubt habe", sagt Kai zu Leonie. Anna verkündet: „Ich gehe tauchen!" Sie lässt sich von Kai die Taucherbrille aufsetzen und krabbelt unter das Bett. Kai hüpft um Leonie herum, auf das Bett und wieder herunter, und schreit: „Ich bin der König der einäugigen Piraten! Der wilde Johnny!" Leonie ruft laut: „Hilfe! Hilfe! Ich bin entführt worden!" Der kleine Timo lacht vor Vergnügen. Plötzlich geht die Kinderzimmertür auf und die Mutter kommt herein. „Was macht ihr denn da?", ruft sie. Es wird mit einem Schlag mucksmäuschenstill. Schließlich sagt Kai: „Wir spielen nur." „Das sieht mir mehr nach Toben aus, nicht nach Spielen", sagt die Mutter. Doch als sie die seltsamen Verkleidungen sieht, muss sie doch lachen. „Na schön. Dann spielt mal schön weiter. Aber das geht bestimmt auch ohne dieses Geschrei, oder? Piraten müssen leise sein, damit sie nicht entdeckt werden."

Ein tierisches Picknick

Heute sollte ein besonderer Tag für die Tiere vom Bauernhof werden. Sie hatten an diesem schönen sonnigen Tag ein Picknick geplant.
Gleich morgens machten sie sich auf den Weg. Alle waren dabei: Fritz, das Schwein, Liese, das Schaf, Stella, die Katze, Topo und Lino, die Mäuse, Max, der Dackel, und die drei Hühner Friederike, Walpurga und Berta. Und die jungen Küken kamen natürlich auch mit. Vom Bauer hatten sie sich den Schubkarren und ein paar Körbe geholt, in dem sie alle Leckereien verstauten. Auch eine große gelbe Decke fand darin ihren Platz.
Mitten im Wald kamen sie an eine schöne Blumenwiese. Dort ging kein Wind. Die Blumen dufteten, die Sonne schien und es gab auch ein paar schattige Stellen. Das sollte ihr Picknickplatz sein. Max, der Dackel, und Stella, die Katze, breiteten gleich die große Decke aus. Alle Tiere machten es sich darauf gemütlich. Dann packten Liese und Walpurga die leckeren Sachen aus, die sie mitgebracht hatten: Äpfel, Möhren, Käse, Brote, Milch, Wasser und noch viel mehr.
So saßen die Bauernhoftiere glücklich bei ihrem Picknick. Sie aßen, tranken und redeten.

Ganz unauffällig schlich sich durch den dichten Wald ein Hase an. Er lugte hinter einem Baustamm hervor und beobachtete die Tiere. Plötzlich flatterten von überall bunte Schmetterlinge herbei. Auf einmal bemerkten die Mäuse Topo und Lino ein Rascheln im Gebüsch. Ein Eichhörnchen belauschte sie. Aber das waren noch lange nicht alle Besucher. Hinter Berta krabbelte auf einem Stein ein Marienkäfer. Fritz, das Schwein, entdeckte plötzlich eine Eule im Baum – und das am helllichten Tag! „So was gibt's doch gar nicht!“, sagte Fritz erstaunt. Und als Stella mitten auf der Picknickdecke eine Schnecke sah, wussten alle Bescheid: Die Tiere aus dem Wald wollten auch ein Picknick machen!

Nach kurzer Zeit saßen viele verschiedene Tiere beisammen. Sie speisten und tranken. Sie erzählten sich tolle Geschichten und sie spielten miteinander.

Als Dank für die Einladung pflückten die Tiere aus dem Wald viele bunte Blumen und schenkten ihren neuen Freunden einen wunderschönen Blumenstrauß. Und weil das allen Tieren so viel Spaß gemacht hat, treffen sie sich jeden Sommer auf derselben Wiese und machen alle zusammen ein großes Picknick.

Auf hoher See

Juhu, endlich sind sie weg, dachte sich Tim, der kleine Mäuserich, als er das Auto mit der Menschenfamilie wegfahren sah. Tim wohnte mit seinem Zwillingsbruder Tom, seinem Papa Pepe und seiner Mama Tina unter der Terrasse einer Menschenfamilie, nicht weit von einem riesigen See. In Wahrheit war der See nur ein Gartenteich. Aber wenn man ihn mit kleinen Mäuseaugen betrachtete, kam er einem ungeheuer groß vor.
Mäusepapa Pepe wollte mit seinen Jungs heute einen Ausflug machen. Mama Tina blieb zu Hause und putzte die Mäusewohnung. Denn nach einem heftigen Sturm hatte der Wind viele Blätter und Staub unter die Terrasse gefegt.
So huschten Pepe, Tim und Tom zur Küchentür des Menschenhauses. Dort fanden sie eine alte Blechdose. Auf ihr stand „Erbsensuppe" geschrieben. Sogar ein Löffel war noch darin. Die Mäuse kippten die Dose um und kullerten sie mit vereinten Kräften zum Teich. Schweißperlen standen auf Pepes Stirn, als die drei Mäuse schließlich am Ziel waren.

Noch ein letzter Ruck und sie setzten ihr Boot ins Wasser, hüpften an Bord und ließen sich treiben. Pepe benutzte den Löffel als Ruder und bald waren die kleinen Mäuse mitten auf dem Gartenteich.
Was es dort alles zu sehen gab! Da waren Seerosen, auf denen dicke Hummeln saßen. Dort flogen Schmetterlinge und Libellen herum. Sogar Fische konnte man erkennen, die in kleinen Schwärmen durch das Wasser flitzten. Tom hatte sein kleines Fernrohr mitgebracht, mit dem er die ganze weite Seenwelt betrachtete. Und während Tom durch sein Fernrohr guckte, rief er plötzlich aufgeregt: „Papa, Papa! Achtung, da vorn ist ein Stein!“ Und in diesem Moment krachte es auch schon. Die Dose wackelte hin und her und Wasser spritzte in Toms Gesicht. Tim wollte etwas sagen aber rief nur noch „ohh“ und „ahh“, während er versuchte, nicht aus dem Boot zu fallen. Mäusepapa Pepe blieb ruhig. Er drückte den Löffel tief in das Wasser, bis auf den Boden. So hielt er das Boot fest und es hörte langsam auf zu schwanken. „Papa ist der tollste!“, rief Tim. Und nach diesem wackeligen Abenteuer machten sie sich auf den Weg ans Ufer.
So viel Neues wie heute hatten die Mäuse noch nie gesehen. Als Tim und Tom abends wieder in ihre Mäusewohnung kamen, erzählten sie alles, was sie gesehen hatten, ihrer Mäusemama.
Die Dose hatten die drei Mäuse unter einem großen Busch gut versteckt – für ihr nächstes Seeabenteuer!

ERBSENSU

Das Dorf der Schussel

Mitten im Märchenwald lag einmal ein Dorf. In kleinen Häusern lebten dort ebenso kleine Wesen – das waren die Schussel.
Ein Schussel sieht ein ganz kleines bisschen wie ein Mensch aus. Er hat zwar Haare wie du, aber die sind meist blau oder grün. Die Haut ist orange und die Nase rot. Schussel haben meist sehr große Ohren und Füße. Und sie sind allesamt nicht größer als dein großer Zeh. Das besondere an ihnen ist aber Folgendes: Schussel sind immer auf der Suche nach irgendwas. Daher kommt auch ihr Name. Wenn man durch die Straße des Schusseldorfes ging, hörte man ständig Sätze wie: „Hast du meinen Ball gesehen?“ und „Ich kann meine Socken nicht finden!“ oder „Hat irgendjemand eine Ahnung, wo meine Lieblingsjacke geblieben ist?“. Und die Schussel rannten alle wild durcheinander, krochen in alle Ecken und suchten und suchten. Manchmal war das ja ganz lustig. Einmal konnte ein Schussel zum Beispiel drei Tage lang seine Brille nicht finden – und erst dann merkte er, dass er sie die ganze Zeit auf der Nase getragen hatte. Aber manchmal gab es auch wirklich große Probleme. Und von so einem Problem will ich euch heute erzählen.

Eines Tages kamen die Schussel auf die Idee, einen Ausflug in den Wald zu machen. Gesagt – getan, schnell hatten sie alles zusammen: Sie packten Proviant und Getränke ein, um unterwegs rasten zu können. Sie zogen sich ihre Wanderschuhe an. Sie nahmen sich Regenjacken und Sonnenhüte mit, um für jedes Wetter vorbereitet zu sein. Das Wetter war wunderschön. Die Vögel veranstalteten ein Pfeifkonzert und die Schussel liefen immer tiefer in den Wald hinein. Nach einigen Stunden setzten sie sich hin, um zu rasten.

„Das ist der schönste Ausflug, den wir je gemacht haben!“, freute sich ein Schussel. „Ja“, sagte ein anderer, „und diesmal haben wir wirklich gar nichts vergessen!“ – „Stimmt“, freute sich ein dritter, „sogar eine Landkarte haben wir, damit wir auch wieder in unser Dorf zurückfinden können!“ – „Gut, dass du die mitgenommen hast“, lobte ihn der Erste, „sonst hätten wir uns noch verlaufen!“ Aber da sah ihn der Dritte ganz erstaunt an und fragte: „Ich? Ich dachte, du hast die Karte?“ – „Ich? Nein, ich nicht! Hast du sie?“ – „Nein, ich nicht. Hast du die Karte vielleicht?“ Und so ging es immer weiter: Ein Schussel fragte den nächsten, aber keiner hatte daran gedacht, eine Karte mit in den Wald zu nehmen! „Ach du lieber Himmel“, rief der Oberschussel, „weiß denn wenigstens jemand noch den Weg zurück?“ – „Da lang!“, rief ein Schussel und zeigte nach rechts. „Nein, hier lang!“, rief der zweite und zeigte nach links. „Nein da, nein, da …“, kam es nun von überall. Und schnell war klar: Kein Schussel hatte eine Ahnung, wie sie zurückkommen sollten. Das war vielleicht eine Aufregung. Die Schussel suchten überall: Rechts und links, oben und unten, in jeder Himmelsrichtung. Aber an den Weg nach Hause konnten sie sich einfach nicht erinnern. Inzwischen war es schon Abend geworden. Der Wind wehte immer kühler, die Vorräte waren auch schon aufgegessen und die Schussel bekamen langsam Angst. „Liebe Freunde“, sagte der

Oberschussel traurig, „ich fürchte, wir haben uns verirrt. Hat jemand eine Idee, wie wir nach Hause zurückfinden können?“ Doch keinem fiel eine Lösung ein. Bis auf einmal der allerkleinste Schussel sich bückte und einen Hosenknopf aufsammelte, den ein anderer Schussel verloren hatte. Und da kam ihm eine Idee: „Hört mal“, rief er, „wir verlieren doch ständig irgendetwas. Ich habe auf dem Weg hierher meinen Kamm verloren. Und mein Taschentuch ist auch weg. Wie ist das bei euch?“ Schnell zeigte sich, dass jeder Schussel etwas verloren hatte. Sie suchten und fanden ein Stück nach dem anderen wieder. Und es dauerte gar nicht so lange, da hatten ihnen die verlorenen Gegenstände den Weg bis nach Hause gezeigt und die Schussel zurückgeführt.
Als sie das Schusseldorf erreichten, schrien alle Schussel: „Hoch lebe der Kleine! Du bist der Kleinste, aber auch der Klügste von uns!“ Und sie feierten alle miteinander ein großes Fest.

Geisterstunde

Jasmin hatte am Abend vor dem Schlafengehen noch einen Zeichentrickfilm mit einem kleinen Gespenst angeschaut. Nun lag sie im Bett und schlief. Plötzlich schreckte sie hoch und hörte die Kirchturmuhr schlagen. Sie zählte die vier Schläge für die volle Stunde. Danach kamen die anderen Schläge mit der tieferen Glocke. Zwölf Mal. Mitternacht. Geisterstunde.

Jasmin hörte, wie etwas in ihrem Kinderzimmer herumlief. Rasch zog sie die Bettdecke über den Kopf, bis nur noch ein kleiner Spalt für die Augen frei war. Das ganze Zimmer schimmerte in einem blauen Licht.

Sie sah kleine Gestalten in weißen Tüchern über den Fußboden huschen. Die Kinderzimmertür öffnete sich wie von Geisterhand und die weißen Tücher schwebten hinaus auf den Flur. Ganz leise und vorsichtig schlüpfte Jasmin aus dem Bett und folgte den Gestalten. Auf dem Flur wimmelte es nur so von Gespenstern. Sie kamen aus allen Zimmern.
Gespannt beobachtete Jasmin, wie sie sich versammelten und die Treppe ins Erdgeschoss hinuntergingen. Auf Zehenspitzen schlich sie ihnen hinterher, als sich eines der Gespenster unverhofft umdrehte. „Da ist ja die kleine Jasmin!“, rief das Gespenst, und alle schauten sie an. „Komm schon, tanz mit uns!“, sagte ein anderes Gespenst. „Deine Freundinnen sind auch schon hier!“ Und tatsächlich. Inmitten all der weißen Gestalten erkannte Jasmin ihre Freundinnen aus dem Kindergarten.
„Jasmin! Jasmin! Willst du denn heute nicht aufstehen?“, fragte in diesem Moment eine ganz andere Stimme. Verwirrt schlug sie die Augen auf. Sie blickte in das Gesicht ihrer Mutter. Schade – diese Geisterstunde war nur ein Traum!

Bei den Großeltern

Endlich sind die Ferien da,
Wir können's kaum erwarten.
Lustig ist's das ganze Jahr,
In Omas und Opas Garten.

In der Küche tanzen wir,
Bis uns der Magen knurrt.
Das Ganze geht dann bis halb vier,
Die Kekse mopst der Kurt.

Heiter und lustig geht es her
Wir haben riesig Spaß.
Aufhören wolln wir nimmermehr
Und geben richtig Gas!

Dann kocht die Oma Apfelmus,
Mmh, das schmeckt aber fein.
Vom Opa kriegt jeder einen Kuss,
So könnt das immer sein.

Die Schatztruhe

In diesem Jahr war Thorsten mit seinen Eltern an die Nordsee in den Urlaub gefahren. Das Hotel lag direkt am Strand und ganz in der Nähe stand ein Leuchtturm.
Gleich am ersten Urlaubstag machte die Familie eine Strandwanderung. Barfuß liefen sie am Meer entlang. Sie sammelten Muscheln und beobachteten, wie die Krabben durch das flache Wasser liefen. Thorsten fand es merkwürdig, wie sie seitwärts gingen. Doch sein Vater erklärte ihm, dass das ganz normal sei. Als sie den Leuchtturm erreichten, entdeckten sie den Leuchtturmwärter, der ganz oben gerade aus dem Fenster schaute. Thorsten winkte. Aber der Wärter sah ihn offenbar nicht und winkte auch nicht zurück.
Schon nach ein paar Tagen wurde es Thorsten langweilig. Es war immer das Gleiche. Nach dem Frühstück ging er mit seinen Eltern an den Strand. Während sie in der Sonne lagen, baute er Sandburgen und sammelte Muscheln. Ins Wasser durfte er nicht, weil er ja mit seinen fünf Jahren noch nicht schwimmen konnte. Im Strandkorb nebenan lag jeden Tag ein älterer Mann. Er kam morgens mit seinem Spazierstock. Er legte sich eine Weile in die Sonne und machte dann eine Wanderung am Strand entlang.

Thorsten wäre zu gerne noch einmal zum Leuchtturm gegangen, aber seine Eltern hatten dazu leider keine Lust mehr.
So fragte er am fünften Urlaubstag, ob er alleine dorthin dürfte. „Auf keinen Fall!“, antwortete seine Mutter. „Das ist viel zu weit!“ – „Entschuldigen Sie“, sagte da plötzlich der alte Mann von nebenan. „Mein Name ist Rückel. Ulrich Rückel. Ich wollte sowieso einmal zum Leuchtturm laufen. Wenn Sie es erlauben, nehme ich Ihren Sohn gerne mit.“
So kam es, dass Thorsten mit Herrn Rückel am Strand entlanglief. Da der Mann mit seinem Stock nur langsam vorwärts kam, konnte Thorsten immer wieder in den Dünen verschwinden und dort herumtollen. Kurz bevor sie den Leuchtturm erreichten, fand Thorsten einen Spaten im Sand. Er war ziemlich verrostet, aber noch gut zu gebrauchen. Thorsten fing an zu schaufeln, als der Spaten plötzlich auf etwas

Hartes stieß. Er dachte zuerst, es sei ein Stein. Doch als er weitergegraben hatte, sah er den Deckel einer hölzernen Truhe. Ein Schatz! Hastig schaufelte er den Sand weg, bis die Truhe freilag. Dann versuchte er sie zu öffnen. Doch es ging nicht. Ein altes, rostiges Schloss sperrte den Deckel ab. Thorsten nahm den Spaten und schlug so lange gegen das Schloss, bis es zerbrach. Vorsichtig hob er den Deckel. Bestimmt lag ein großer Schatz in der Truhe.

Doch was war das? Er sah nur ein paar Bücher mit zerfransten Seiten und verschimmeltem Einband.

„Thorsten! Thorsten! Wo bist du?“ Herr Rückel suchte ihn. Thorsten kletterte die Düne hoch und winkte ihm zu. „Kommen Sie! Ich habe etwas gefunden!“, schrie er und wartete, bis der alte Mann mit seinem Stock auf der Düne stand. „Da, die Truhe dort!“, sagte er. Herr Rückel ging zu der Schatztruhe und sah hinein. Dann nahm er eines der Bücher heraus und fing an, darin herumzublättern. „Das ist unglaublich! Das sind alte Tagebücher! Vermutlich von irgendwelchen Piraten!“ Thorsten wollte es zuerst gar nicht glauben. Er konnte ja noch nicht lesen. Aber Herr Rückel war inzwischen sehr aufgeregt. „Piratentagebücher! Ausgerechnet hier am Leuchtturm!“, rief er immer wieder. Und zwei Stunden später war Thorsten der Held des Tages, nachdem die Schatztruhe ins Hotel gebracht worden war und alle Gäste seinen Fund bestaunt hatten.

Auf dem Dachboden

An einem grauen Regensonntag sagte die Mutter: „Heute werden wir endlich den Dachboden aufräumen." Die kleine Laura fürchtete sich eigentlich vor dem düsteren Dachboden. Bestimmt wohnten dort Mäuse. Aber als ihre Eltern am Nachmittag die Treppe hochstiegen, ging sie mit. Es war die reinste Rumpelkammer. Alles, was irgendwann nicht mehr gebraucht wurde, wanderte auf den Dachboden: Bilder, ein altes Radio, Blumenvasen, Töpfe und vieles mehr. Die Mutter öffnete einen Kleiderschrank und meinte: „Jetzt schaffen wir hier Ordnung." Sie fing an, alte Kleidungsstücke herauszulegen. Plötzlich griff der Vater nach einem altmodischen Damenhut und setzte ihn auf. Laura musste lachen, als sie das sah. Nun schlüpfte ihr Vater auch noch in ein Nachthemd. Auch die Mutter lachte jetzt aus vollem Halse mit. Sie nahm ein buntes Kleid und zog es an. Laura wühlte in einer Truhe voller Strümpfe, Schals und Halstüchern. Alle drei lachten um die Wette und zogen immer wieder andere Sachen an, bis es draußen allmählich dunkel wurde. „Dann räumen wir eben ein anderes Mal hier auf", sagte die Mutter. „Aber ich möchte wieder dabei sein!", rief Laura, bevor sie den Dachboden verließen.

ITALY

Der Walnussbaum

In jedem Frühling ist der Walnussbaum der letzte Baum im Garten, der Blätter bekommt. Erst wenn alle Bäume ringsherum schon ihr sattes grünes Laubkleid tragen, zeigen sich bei ihm die ersten Knospen. Doch dafür werden seine Blätter umso schöner. Sie haben einen unverwechselbaren, würzigen Duft, der jede Stechmücke vertreibt. Und im Sommer kann man beobachten, wie die grünen, ovalen Früchte ganz langsam dicker werden.

Im Herbst kommt jeden Tag das Eichhörnchen und sucht ungeduldig das Gras unter dem Baum nach abgefallenen Walnüssen ab. Wenn die großen, hellbraunen Nüsse reif werden, platzt die grüne Schale auf, und die Nuss fällt herunter.

Das Eichhörnchen ist ganz wild auf die Walnüsse. Sie sind seine Leibspeise. Wenn es satt ist, trägt es die Nüsse mit flinken Sprüngen zu seinem Versteck und buddelt sie mit seinen Vorderpfoten in die Erde. Manchmal klettert es auch hoch in den Baum hinauf und pflückt sich selbst eine Nuss, wenn ihm das Suchen zu dumm wird. Dann sieht man es mit einer Nuss auf einem Ast sitzen. Die Nuss in ihrer Schale ist fast größer als der Kopf des Eichhörnchens. Wie wild knabbert es zuerst die grüne Schale ab. An-

schließend wird die Walnuss aufgenagt. Das Eichhörnchen hält die Nuss zwischen den Pfoten und verspeist sie ganz genüsslich.
Und wenn im späten Winter der letzte Schnee geschmolzen ist, saust es wieder durch den Garten und sucht die Nüsse, die es im Herbst versteckt hat.

Der Lesewicht

Abend ist es schon im Wald,
Und die Tiere kommen bald,
Weil es Zeit ist für den Wicht,
Der im hellen Sternenlicht
Aus dem Buch Geschichten liest.

Abenteuer, tolle Sachen,
Die die Buchfiguren machen –
All das steht darin geschrieben,
So, wie es die Tiere lieben
Und gern erleben würden.

Schnecke und Käfer hören zu,
Und die Mäuse geben Ruh,
Denn der kleine Lesewicht
Mag eine Unterbrechung nicht –
Das macht ihn ganz schnell wild.

Wenn wirklich jemand ihn dann stört,
Hat er es scheinbar nicht gehört.
Doch klappt der Wicht sodann im Nu
Sein Buch mit lautem Knallen zu –
Die Lesestunde ist vorbei!

Der Einbrecher

Der kleine Tim war ein Detektiv. Er war sechs Jahre alt und hatte schon mehrere spannende Fälle gelöst. Aber dieser Fall sollte etwas ganz Besonderes werden.
Seit einiger Zeit hörte Tim nachts merkwürdige Geräusche im Haus. Doch er war immer viel zu müde gewesen, um nachzusehen, was los war.
Heute Abend hatte er sich vorbereitet. Seine große Taschenlampe und die Detektivhandschuhe legte er heimlich unter sein Kopfkissen, damit Mama sie nicht entdeckte. Er ging ins Bett, löschte das Licht und versuchte, sich wach zu halten. Irgendwann schlief er aber doch ein, da der Tag sehr anstrengend gewesen war. Er träumte gerade von einem roten Rennauto, als er plötzlich hochschreckte. Was war das? Ein lautes Geräusch, als ob jemand im Haus etwas fallen gelassen hätte!

Tim griff unter sein Kopfkissen und zog seine Handschuhe hervor. Im Dunkeln zog er sie an, denn echte Detektive können das ohne Licht. Dann nahm er die Taschenlampe in die Hand und tapste barfuß zur Tür. Er öffnete sie leise. Da war wieder ein Geräusch. Es kam von unten.
Vorsichtig schlich Tim die Treppe hinunter. Sein Herz klopfte wie wild und er spürte einen Kloß im Hals. Aufgeregt sah er sich um. Die Geräusche kamen eindeutig aus der Küche. Das war bestimmt ein Einbrecher! Aber was wollte er dort? In der Küche gab es doch nichts zu holen. Nichts – bis auf das teure Silberbesteck von Oma! Ja, das würde es sein. Der Einbrecher hatte es auf das Silberbesteck abgesehen. Jetzt musste ihn nur noch jemand davon abhalten, es zu stehlen.

Tim atmete tief durch. Vorsichtig öffnete er die Küchentür einen kleinen Spalt. Gerade so weit, dass er seinen Kopf durchstecken konnte. Er linste um die Ecke und versuchte im Dunkeln etwas zu erkennen. Da erblickte Tim einen dunklen Riesen, oder besser: das Hinterteil eines Riesen. Denn der Rest von ihm war irgendwo im Kühlschrank verschwunden.

Was sollte er nur tun? Die Gestalt war ja mindestens doppelt so groß und breit wie er. Nie würde er den Riesen zu fassen kriegen. Er überlegte fieberhaft. Aber natürlich, das war die Idee! Mutig schlich er durch die Tür und zu dem Riesen hin, während er seine Taschenlampe fest umklammerte.

Als er direkt hinter ihm stand, rief Tim laut: „Jetzt hab ich dich, du Schuft!“ Da drehte sich der Riese plötzlich um. Tim blendete ihn schnell mit seiner Taschenlampe. Vor Schreck hielt sich der Riese die Arme vor die Augen. Er wich einen Schritt zurück und rutsche auf einem Stück Butter aus, das ihm vor Schreck heruntergefallen war. Dort lag der Einbrecher nun.

Zufrieden wollte Tim gerade die Kühlschranktür schließen, als er das Gesicht des Riesen sah. Vor lauter Schreck machte er einen Satz nach hinten und dachte: Oh weh!

Da stand auch schon Mama in der Küchentür. Sie war von dem Krach geweckt worden. „Was macht ihr beide denn mitten in der Nacht in der Küche? Um Himmels willen, Klaus!“, sagte Mama.

Der Riese war niemand anders gewesen als Papa. Er hatte Hunger gekriegt und im Kühlschrank etwas zu essen gesucht. Zum Glück war ihm nichts passiert. Papa hatte nur eine Beule. Aber Tim jagte so schnell keine Einbrecher mehr.

Mimi in der Stadt

Mimi, die kleine Hexe, wohnte in ihrem kleinen Hexenhaus mitten im finsteren Wald. Eines Abends, als die Sonne langsam unterging, beschloss sie, in die Stadt zu fliegen. Sie schnappte sich ihren Hexenbesen, steckte sich Lolle, ihre kleine Maus, in die Manteltasche und flog so schnell in Richtung Stadt, dass ihre lange Zipfelmütze im Wind flatterte.
Als sie in der Stadt war, kurvte sie zwischen den Hausdächern herum, um vielleicht einen Blick durch die Fenster werfen zu können. Plötzlich entdeckte sie einige Katzen, die auf den Dächern und Schornsteinen saßen. Außerdem kamen Fledermäuse angeflogen. Ein blauer Nachtfalter flog neben ihr. Und sogar ein Uhu hockte auf einem Dachfirst, um Mimi neugierig zu beobachten.
Sie winkte den Tieren fröhlich zu. Sie zeigte ihnen ihre Kunststücke, die sie draußen im Wald geübt hatte. Mimi flog freihändig auf ihrem Besen. Dafür erhielt sie begeisterten Beifall der Katzen, die noch nie so etwas Lustiges gesehen hatten.
Glücklich kehrte Mimi in der Nacht wieder zurück in den Wald. Sie freute sich, dass sie so viele neue Freunde gefunden hatte.

Der Baumzwerg

Als Simon mit seinem Papa Federball spielte, kam plötzlich ein heftiger Wind auf, der den Federball hoch in die Äste einer Birke wehte. Nun stand Simon da mit dem Schläger in der Hand, aber ohne Ball.
Er warf ein paar trockene Äste nach oben, aber das half nichts. So blieb Simon nichts anderes übrig, als auf den Baum zu klettern und den Ball zu holen. Er ließ sich von Papa hochheben und kletterte immer weiter hinauf in die Baumkrone, bis er den Federball sah. Nur noch ein kleines Stückchen. Er vermied es, nach unten zu schauen, denn er hatte ein bisschen Angst so hoch oben im Baum. Er biss die Zähne zusammen und kletterte tapfer weiter.
Gerade als er oben angekommen war und nach dem Ball greifen wollte, hörte er hinter sich ein leises Lachen. Er drehte sich um und traute kaum seinen Augen. Da saß ein kleiner Zwerg und grinste ihn frech an. Hinter dem Zwerg sah er ein winziges Holzhäuschen mit einem Schornstein und eine zwischen zwei Ästen aufgespannte Wäscheleine.
„Was schaust du denn so entgeistert?“, rief der Zwerg ihm zu. „Hast du denn noch nie einen Zwerg gesehen? Wie gefällt dir mein Haus? Es ist ganz gemütlich hier oben. Ich habe eine tolle Aussicht und

richtig nette Nachbarn.“ Bei diesen Worten drehte der Zwerg seinen Kopf nach rechts und deutete mit seinen kleinen Fingern zu dem Vogelnest auf dem benachbarten Ast. „Das gibt es doch nicht“, murmelte Simon und schüttelte den Kopf. Beinahe wäre er vom Baum heruntergefallen, so verwundert war er. „Ich bin übrigens Puck!“, stellte sich der Winzling vor. „Und wie heißt du?“ „Sisisimon“, stammelte Simon. „Du hast um ein Haar mein Haus zum Einstürzen gebracht! Mit diesem Riesending hier!“ Puck zeigte auf den Federball. „Das tut mir schrecklich Leid“, sagte Simon. „Nicht so schlimm“, antwortete Puck. „Aber du musst mir versprechen, mich wieder zu besuchen. Ich unterhalte mich ab und zu mit den Vögeln, aber mit Menschenkindern rede ich viel lieber. Deinen Ball möchte ich behalten, damit du auch ganz bestimmt wiederkommst!“ – „Na gut“, antwortete Simon fröhlich. Er verabschiedete sich von dem Zwerg und kletterte wieder nach unten. Sein Vater holte einen anderen Federball und sie spielten noch eine Weile weiter.
Als Simon abends im Bett lag, hörte er ein merkwürdiges Pfeifen und dachte lächelnd an seinen Zwerg, bevor er einschlief.

Kimba und Nimba

Die beiden Löwenkinder Kimba und Nimba waren erst ein halbes Jahr alt. Sie spielten am liebsten den ganzen Tag in der Steppe Fangen oder Verstecken. Eines Tages fand Nimba, das Löwenmädchen, ein besonders gutes Versteck. Sie legte sich in einen dichten Busch und wartete gespannt, ob ihr Bruder Kimba sie finden würde. Es dauerte ziemlich lange, bis sie ihn beobachten konnte, während er an ihrem Versteck vorbeitrottete. Nimba hielt die Luft an und verhielt sich mucksmäuschenstill. Kimba blieb kurz stehen. Er guckte sich um und lief dann vorbei. Irgendwann wurde es Nimba langweilig. Sie kroch aus dem Busch heraus und schlug die gleiche Richtung ein, die ihr Bruder genommen hatte. Er war nirgends zu sehen. Das hohe Steppengras war einfach zu dicht.

Als Nimba ganz in der Nähe einen Baum entdeckte, kletterte sie hinauf und hielt nach Kimba Ausschau. Doch auch das war vergebens. Sie stellte fest, dass sie sich plötzlich überhaupt nicht mehr auskannte. Wo war der große Affenbrotbaum, unter dem ihre Mutter und die anderen Löwen meistens lagen?
„Nimba! Nimba!“, hörte sie ihren Bruder rufen. Sie rief zurück: „Wo bist du?“ – „Hier drüben!“, lautete die Antwort. Aber Kimba war nirgends zu sehen. „Komm zu dem Baum!“, rief Nimba. Erleichtert sah sie kurz darauf, wie Kimba aus dem hohen Gras hüpfte. Kimba kletterte vom Baum herab. „Wo hast du denn gesteckt?“, wollte ihr Bruder wissen. Sie erzählte ihm von dem dichten Gebüsch, in dem sie ihn beobachtet hatte. Dann sah sie ihn mit sorgenvoller Miene an und fragte: „Weißt du, wo wir sind? Und wie wir wieder zurückfinden?“ Kimba kratzte sich mit der Vorderpfote hinter dem Ohr. Dann meinte er: „Nein, eigentlich nicht.“
Sie überlegten, was sie nun machen sollten. Es blieb ihnen nichts anderes übrig, als loszulaufen und zu hoffen, dass sie den richtigen Weg finden würden.
Als sie schon eine ganze Weile gelaufen waren, blieb Nimba plötzlich stehen. Sie flüsterte Kimba aufgeregt zu: „Dort drüben. Eine Giraffe!“ Vor Giraffen hatten selbst Löwen Angst. Ein Schlag mit einem Giraffenhuf konnte einen ausgewachsenen Löwen töten. Die Giraffe kam näher. Die beiden Löwenkin-

der fürchteten sich und zitterten. „Hallo! Ihr beiden Löwen!“, rief die Giraffe nun. „Seid ihr zufällig Kimba und Nimba?“ – „Ja, dadadas sind wir“, stotterte Nimba. „Da bin ich aber froh!“, sagte die große Giraffe. „Eure Mutter hat mich geschickt, euch zu suchen. Sie macht sich schon große Sorgen.“ Kimba und Nimba fiel ein Stein von Herzen.

Als die Giraffe sie wohlbehalten zum Affenbrotbaum zurückgeführt hatte, schimpfte die Löwenmutter ihre Löwenkinder zuerst ordentlich aus. Aber dann waren doch alle glücklich, dass den beiden Kindern nichts passiert war.